Dans la même collection :

Guillaume Apollinaire,
Petit bestiaire

Louis Aragon,
Feu de joie et autres chansons

Maurice Carême,
L'oiseleur et autres poèmes

Collectif,
La parole aux animaux

Robert Desnos,
La ménagerie de Tristan

Guillevic,
Échos, disait-il

Victor Hugo,
Chanson pour faire danser en rond
les petits enfants et autres poèmes

Edmond Jabès,
Petites poésies pour jours de pluie
et de soleil

Francis Jammes,
Prière pour aller au Paradis
avec les ânes

Georges Jean,
Écrit sur la page

Jean de La Fontaine,
Fables

Jacques Prévert,
Au hasard des oiseaux
et autres poèmes

Jacques Prévert,
Chanson des escargots
qui vont à l'enterrement
et autres poèmes

Jacques Prévert,
Chanson pour chanter
à tue-tête et à cloche-pied

Jacques Prévert,
La pêche à la baleine

Jacques Prévert,
Le chat et l'oiseau
et autres poèmes

Raymond Queneau,
Paris-ci, Paris-là
et autres poèmes

Jacques Roubaud,
Menu, menu

Claude Roy,
La cour de récréation

Claude Roy,
Farandoles et fariboles

Joël Sadeler,
Les animaux font leur cirque

Jules Supervielle,
Le lac endormi
et autres poèmes

Jean Tardieu,
Je m'amuse en rimant

ISBN : 2-07-054225-4

Numéro d'édition : 130364
Loi n° 49-956 du 16 juillet 1949 sur les publications destinées à la jeunesse
Premier dépôt légal : avril 2000
Dépôt légal : juin 2004
Impression et reliure : Pollina s.a., 85400 Luçon - n° L93689A

enfance en poésie

Jacques Prévert

En sortant de l'école

suivi de

Le cancre

et

Page d'écriture

Illustrations
Jacqueline Duhême

Gallimard Jeunesse

Citadelle imprenable, la poésie, ou ville ouverte ? Les deux et aucune à la fois. Il suffit de pousser la porte des mots qui n'est jamais verrouillée, et d'entrer dans le poème qui n'attendait que ça pour se mettre à chanter, à danser, à rire à mots déployés. Comme un accordéon ou comme le soufflet du forgeron. Mais que dites-vous là ? Ces choses-là n'existent plus. Justement, c'est le secret : il suffit de les nommer pour que les choses se mettent à exister, à danser, à chanter, à rire. La poésie, c'est un peu cela : faire exister ce qui n'existe pas. Le ciel par exemple qui n'est qu'un gaz, et pas bleu du tout ; le cœur qui pleure ou qui rit alors que le muscle du même nom se contente de battre le sang flic floc flic floc.

Ne parlons pas de l'âme que nul n'a jamais vue quand chacun sait qu'il faut la rendre pour mourir. Je vous le disais : poussez la porte des mots et vous entendrez sonner les cloches du réel, du possible, de l'impossible qui n'est pas français comme chacun sait. Car chaque mot a un son qui diffère selon la compagnie que le poète lui a choisie. Enfin : que le poème a choisi à la place du poète. Car le poète est une oreille d'abord puis un porte-voix. Il transmet ce qui lui est dicté par les mots qui lui viennent, les images qu'il voit, la musique qui le conduit. Le poème est la maison qu'il bâtit avec ces mots-là. Elle n'attend que vous pour faire la fête. Hop là, poussez la porte !

Guy Goffette

En sortant de l'école

En sortant de l'école
nous avons rencontré
un grand chemin de fer
qui nous a emmenés
tout autour de la terre
dans un wagon doré

Tout autour de la terre
nous avons rencontré
la mer qui se promenait
avec tous ses coquillages
ses îles parfumées
et puis ses beaux naufrages
et ses saumons fumés
Au-dessus de la mer
nous avons rencontré
la lune et les étoiles
sur un bateau à voiles
partant pour le Japon

et les trois mousquetaires des cinq doigts de la main
tournant la manivelle d'un petit sous-marin
plongeant au fond des mers
pour chercher des oursins

Revenant sur la terre
nous avons rencontré
sur la voie de chemin de fer
une maison qui fuyait
fuyait tout autour de la terre
fuyait tout autour de la mer
fuyait devant l'hiver
qui voulait l'attraper

Mais nous sur notre chemin de fer
on s'est mis à rouler
rouler derrière l'hiver
et on l'a écrasé

et la maison s'est arrêtée
et le printemps nous a salués
C'était lui le garde-barrière
et il nous a bien remerciés

et toutes les fleurs de toute la terre
soudain se sont mises à pousser
pousser à tort et à travers
sur la voie du chemin de fer
qui ne voulait plus avancer
de peur de les abîmer

Alors on est revenu à pied
à pied tout autour de la terre
à pied tout autour de la mer
tout autour du soleil
de la lune et des étoiles
À pied à cheval en voiture et en bateau à voiles.

FIN

Le cancre

Il dit non avec la tête
mais il dit oui avec le cœur
il dit oui à ce qu'il aime

NON

il dit non au professeur

il est debout

on le questionne

et tous les problèmes sont posés

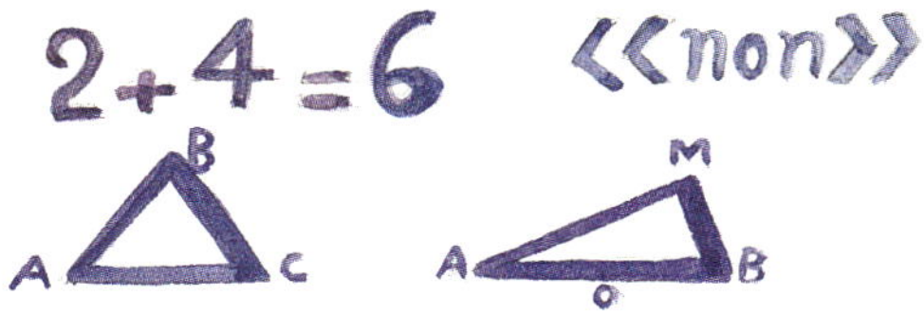

soudain le fou rire le prend
et il efface tout
les chiffres et les mots
les dates et les noms
les phrases et les pièges

et malgré les menaces du maître
sous les huées des enfants prodiges

avec des craies de toutes les couleurs
sur le tableau noir du malheur
il dessine le visage du bonheur.

FIN

Page d'écriture

Deux et deux quatre
quatre et quatre huit
huit et huit font seize...
Répétez ! dit le maître
Deux et deux quatre
quatre et quatre huit
huit et huit font seize.

Mais voilà l'oiseau-lyre
qui passe dans le ciel
l'enfant le voit
l'enfant l'entend
l'enfant l'appelle :
Sauve-moi
joue avec moi
oiseau !
Alors l'oiseau descend
et joue avec l'enfant
Deux et deux quatre…
Répétez ! dit le maître

et l'enfant joue
l'oiseau joue avec lui...
Quatre et quatre huit
huit et huit font seize
et seize et seize qu'est-ce qu'ils font ?

Ils ne font rien seize et seize
et surtout pas trente-deux
de toute façon
et ils s'en vont.
Et l'enfant a caché l'oiseau
dans son pupitre

et tous les enfants
entendent sa chanson
et tous les enfants
entendent la musique
et huit et huit à leur tour s'en vont
et quatre et quatre et deux et deux
à leur tour fichent le camp
et un et un ne font ni une ni deux
un à un s'en vont également.
Et l'oiseau-lyre joue
et l'enfant chante
et le professeur crie :
Quand vous aurez fini de faire le pitre !

Mais tous les autres enfants
écoutent la musique
et les murs de la classe
s'écroulent tranquillement.
Et les vitres redeviennent sable

l'encre redevient eau
les pupitres redeviennent arbres
la craie redevient falaise
le porte-plume redevient oiseau.

FIN

Jacques Prévert

Jacques Prévert est né le 4 février 1900. Auteur de pièces de théâtre, de chansons, de scénarios de films – mis en scène par les plus grands réalisateurs de son temps –, Jacques Prévert, auteur de *Histoires*, *Spectacle*, *la Pluie et le Beau Temps*, *Fatras*, *Choses et autres*, est avant tout un poète. Un poète qui s'insurge, qui dénonce mais qui sait aussi s'émouvoir devant la beauté simple du monde : un enfant, un oiseau, une fleur. Un poète libre. Son indépendance de caractère l'a toujours éloigné des écoles, des partis ou des systèmes. Et ce n'est pas par indifférence aux événements du monde, son franc-parler prouverait le contraire. C'est son amour de la liberté qui lui a valu un si large public parmi les jeunes. Jacques Prévert est mort le 11 avril 1977.

«On ne le voyait jamais écrire. Il avait besoin de la journée pour avoir des contacts avec les gens avec qui il travaillait directement. L'essentiel de son œuvre se déroulait la nuit. Il dormait peu. Le reste de la journée, il était disponible. Il lisait beaucoup les journaux et commentait la vie politique. Il avait une morale et ne supportait pas l'hypocrisie ni la duplicité. Les mots comptaient et il n'employait jamais un mot pour un autre. Chez lui c'était très gai. Sa maison était ouverte aux amis. Il y avait toujours sur la table un grand plateau de fromages, des gâteaux délicieux et du bon vin, raconte Jacqueline Duhême qui était son amie. Sa poésie prend certainement source dans sa propre enfance. Mais il parlait peu de son enfance. Il adorait les enfants. Plus ils étaient petits, plus il s'en occupait. Il avait lui-même conservé son beau regard d'enfant.»

Jacqueline Duhême

Combien de livres Jacqueline Duhême a-t-elle illustrés jusqu'à ce jour ? Voilà une question à laquelle il est bien difficile de répondre. On trouve son nom aux côtés de Paul Éluard, Jacques Prévert, Raymond Queneau, Claude Roy, Blaise Cendrars, Anne Philipe, Miguel Angel Asturias, Gilles Deleuze, Joël Sadeler... Elle est également présente au palmarès de nombreux prix récompensant les meilleurs illustrateurs.
Après une enfance difficile due à la guerre, elle entre à vingt ans comme aide d'atelier chez Henri Matisse pour l'aider à réaliser la décoration de la chapelle de Vence. « J'ai tout appris chez ce grand maître », dit-elle.
Jacqueline Duhême est une pionnière de l'illustration des livres pour enfants et on lui doit d'avoir amené les grands poètes de notre temps à la littérature pour la jeunesse.
Avec Jacques Prévert, elle a noué une amitié chaleureuse, solide, exigeante qui a duré jusqu'à la disparition du poète. Prévert a tout de suite encouragé son talent et, en travaillant sur son œuvre, elle a développé un style très personnel, vif, coloré, plein de fantaisie poétique.